JN121265

魔女のCA

作・絵　大空メイ

「モモ！　モモ！」

ママが、大きな声で、よんでいる。

「どこにいるの？　出かけるわよ！」

「は〜い」

庭の大きな木の上で、モモの声がした。

ママが見上げると、木の上のほうで、ほうきにまたがったままのモモが、手をふっている。

「だめでしょう。勝手にほうきに乗って、でかけちゃ〜」

モモは、５さい。４さいのとき。物置にあった、古いほうきにまたがったの。

そしたら、あっと言う間に、おうちの前の大きなくすのきのてっぺんまで、飛び上がったの。

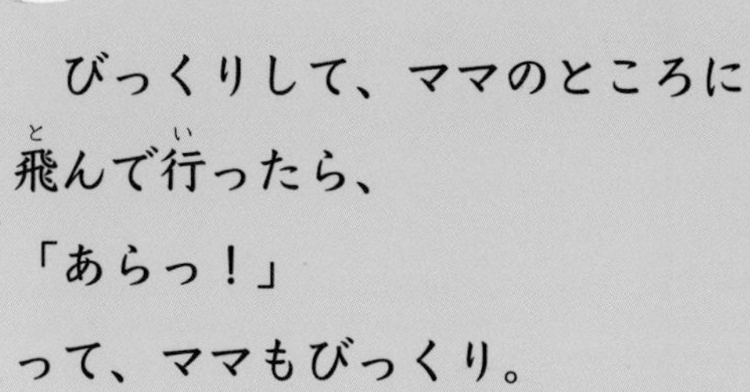

びっくりして、ママのところに飛んで行ったら、

「あらっ！」

って、ママもびっくり。

「それはね、モモのおばあちゃん、そのまた上の
おばあちゃんが、魔女だったからよ。
　モモは、魔女の血を受けついでいるのね」
と、ママは、モモに教えてくれた。

　モモのパパは、飛行機の
キャプテン。キャプテンって、
飛行機をそうじゅうする人ね。

　モモは、ときどきパパといっしょに空港に行くの。
そのとき、パパは飛行機について、いろいろなことを
教えてくれるの。

「パパの乗るジェット機は、400 トンもあるんだよ」
と、パパ。

「400 トンって？」

「そうだなあ。おとなの象さんなら、60頭ぶんかな」
　モモが、そんなに重いのに、どうして飛べるの？って聞くと、「モモには、少しむずしいかな」と、言ってから、ゆっくりと教えてくれたの。

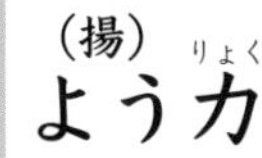

飛行機が前に進むときに、上に持ち上げる力だよ。強い風に向かって、てのひらを斜めにあてると、少し、持ち上げられるように。

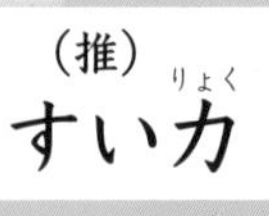

飛行機を前に進ませる力。
ジェット機なら、
ジェットふんしゃね。

（抗）
こう力

前に進むのをむずかしくする力。
風が前からふくと、前に向かって歩きにくくなるよ。

重力

地球が私たちを地面につけておく力。
ジャンプしても地面にもどってくる。

「飛行機には、つばさがあるから、飛べるんだよ」

「つばさがあると、どうしてとべるの？」

って、聞くと。

「それはね、地球には、重力と言って、モノを下に引っ張る下向きの力がある。だけど、飛行機が、かっ走路を走りだして、つばさにあたる風の速さが強くなると、重力に勝って、うき上がるんだよ」

　パパは、ていねいに教えてしてくれたけど、モモには、飛行機が空を飛ぶしくみは、よくわからなかった。

　でも、かまわないの。モモは魔法で飛べちゃうから。

「飛行機には、どんな人が乗るの？」

って、モモが聞くと、

「世界中の人。世界には、196 も国があるんだよ。

飛行機には、いろんな国のいろんな人が、乗って来る。

楽しいよ」

そのとき、パパは「あっ！」と、言って、手をたたいた。
「そうだ。いいことを思いついたよ」

「なあに？」

って、モモが聞くと、

「モモが、CAになればいいんだよ」

「CAって、なあに？」

「CAは、キャビン・アテンダント。
　飛行機の中で、お客様のお世話をする人のことだよ」

「むりよ～。わたし、まだ、5さいだし」

「だいじょうぶ。パパがキャプテンだよ。
　魔女のモモがいれば、飛行機は安全だ！
　ようし、これからモモは、CAだ。
　パパといっしょに、飛行機に乗るよ！」

「CAになったら、世界中の魔女に、会えるかもしれないよ。

フランスの魔女

エッフェル塔

インド

タージマハル

マーライオン

日本にはない、いろいろなものを見たり、けい験をしたり、楽しいお仕事だよ。CAって」

エジプト

スフィンクス

CAの制服が、きた。
小さなかわいい制服。

モモは、わくわく。
「これを着て、世界中に
行けるのね！

モモは、ときどきほうきに乗って、
家の近くを飛んでいるけれど、
海の向こうには、行ったことが
ないの」

いよいよCAとして、初めて飛行機に乗る日が、やってきた。

朝、いっしょに乗るCAたちが、集まって、ブリーフィング（お話し合いをするの）が始まると、キャプテン（キャプテンは、モモのパパ）が、みんなに言った。

「今日から、モモがみなさんの仲間です。小さいけれど、とてもたよりになります。なんでも相談してください」

「わあ〜、かわいい！」

みんなは、目をパチクリさせて、はく手をした。

パパが、今日の飛行予定を、みんなに伝えた。

「り陸後20分で、高度10000メートルで、水平飛行に入ります。

今日は、とてもおだやかな飛行になるでしょう。

それから、今日は、とくべつなお客様がいます。

5さいの男の子が、ひとりで飛行機に乗って来ます。

そうだ！　モモに、そのお客様のお世話をやってもらおう」

パパは、それ以上、何も言わなかった。

モモは、ドキドキした。

「5さいで、ひとりで飛行機に乗って来るなんて。いったい、どうして？」

　モモは、飛行機に乗る前に、パパからいろいろなことを教えてもらったの。

　10000メートルって、富士山の3倍の高さと、同じくらい。飛行機の外に出ると、息ができないんだって。

　でも、モモはだいじょうぶ。だって、モモは魔女だもの。

「パパ、こんなにたくさんの飛行機が、空を飛んでいて、どうしてぶつからないの？」

　モモが、聞くと、

「それはね、あっちへ行く飛行機と、こっちへ来る飛行機の飛ぶ高さがちがうからだよ」

　パパが、教えてくれた。

さあ、いよいよ、とう乗の時間。

おおぜいの乗客が、飛行機に乗ってきた。

「みな様、まもなく、り陸いたします。シートベルトを着用して、お席を立たないように、お願いいたします」

パパが、英語と日本語で、アナウンスした。

モモは、まど側で、悲しそうにうつむいている男の子の横にすわった。

そのとき、ジェット機が走り出した。

「よーい　ドン！」の合図で、走り出すかけっこみたいに。

タイヤを地面につけたまま、いっしょうけんめい走って行く。

「がんばれ！　がんばれ！」

モモは、声を出して、飛行機をおうえんした。

男の子は、何も言わないで、じっとしている。

「すごいね！」

　モモは、男の子に言った。

「400 トンもあるんだよ、この飛行機。自動車なら、だいたい 400 台と同じ重さなんだって。それが飛び上がるんだよ！」

　そうモモが言っても、男の子は何も言わなかった。

「あっ！　うき上がった！」

からだが、ふわっと、うき上がった。り陸したのだ。

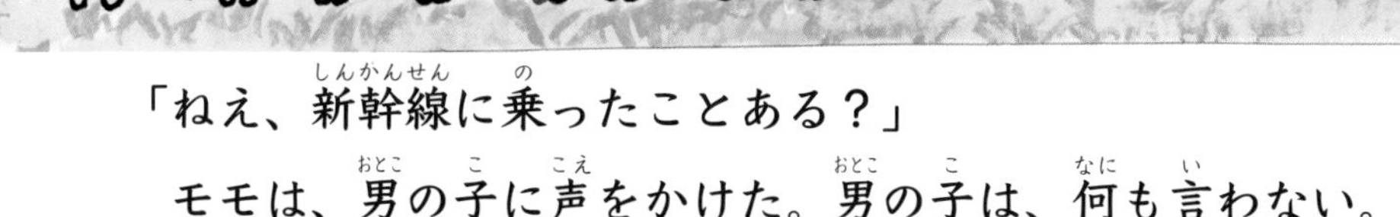

「ねえ、新幹線に乗ったことある？」

モモは、男の子に声をかけた。男の子は、何も言わない。

でも、モモは、かまわず話し続けた。

「ふわっとういたとき、飛行機の走る速さは、時速 250 キロメートル。新幹線と同じくらいなんだよ。でも、新幹線は空に飛び上がらない。どうしてかなあ」

男の子は、チラリとモモの顔を見た。

でも、やっぱり何も言わない。

それでも、モモはお話しを続けた。

「ねえぇ、わたし、モモって言うの。

あなたのお名前、聞いてもいい？」

「タロウ」

男の子は、モモの顔を見ないで、小さな声で言った。

「ひゃ〜！」モモは、ほっぺたをおさえて、さけんだ。

「ほんとうなの？　わたし、モモ。あなた、タロウ。

わたしたちふたりで、モモタロウだ！」

モモがそう言うと、男の子は、少しだけ笑った。

「ねえぇ、モモタロウって、すごいんだよ」
「知っているよ」
　タロウが、言った。
「ふたりで力をあわせたら、なんでもできるね」
「むりだよ」
　タロウは首をふって、また、悲しそうな顔をした。
「だって、ぼくのママは、死んじゃったんだもの」
と、小さな声で言った。
「そうだったの・・・」

　タロウは、ぽつり、
ぽつりと話し始めた。
「この前の台風のとき、山がくずれたんだ。ぼくの家に、山がおしよせてきて・・・」
　タロウは、そこで、言葉をつまらせた。
　でも、なみだをふいて、話し続けた。
「屋根が飛ばされて、石と泥が、いっぱい家の中に入ってきたんだ」

「ママは、ぼくの上におおいかぶさって・・・
　助けてくれたんだ。でも、ママは、死んじゃったんだ・・・」

　今度は、モモが何も言えなくなった。

「パパは、ずっと前からいないの。だから、ぼくは、
おばあちゃんちに行くことになって・・・」

「そっか、それで、ひとりでこの飛行機に乗ってるんだね」

　モモは、ゆっくり言った。

「うん。それしかないんだって」

「ママに、会いたい？」

「うん」

「もし今、ママに会えたら、
何をしたい？」

「ママに、ぎゅっとだきしめてもらって、
『タロウ、今日は、何を食べたい？』って、言って
もらいたいの。

ぼく、それを聞くのが大好きだったの。

だから、夕方が来るのが、楽しみだったの」

そのとき、機内のシートベルト着用のサインが、消えた。

そして、パパの声が、聞こえてきた。

「みな様、飛行機は、水平飛行に入りました。

高度10000メートル。

どうぞ、ごゆっくりおくつろぎください」

と、そのとき、タロウは、手で口をおさえて、目をまんまるにして、窓の外を指さした。

「あっ、あっ、あれ、見て！」

　モモが、タロウの指先を見ると、飛行機のまどの外に、雲の上に乗った女の人が見えた。

「ママだ！」

　タロウは、手をふった。

「ママー、ママー！」

「ようし！　タロウくん。ママに会いに行こう！」

「会いに行くって、ぼくたち、飛行機の中だよ。
　外になんか出られないよ！」

「だいじょうぶ。でも、だれにも言っちゃだめだよ。
　モモは、魔女なの。さあ、行こう！」

モモは、コートルームから、ほうきをひっぱり出した。

それから、タロウの手をひいて
特別な出入り口から、貨物室に。

そして、タイヤがしまってあるところに、
たどりつくと、
「このすき間から、外に出るよ。

このほうきに乗って、ママのところに
行くよ。いい？

わたしに、しがみついていてね。

はなれちゃだめだよ」

タロウは、もう、びっくりして、何も言わなかった。

そして・・・ふたりは、10000 メートルの空に、飛び出した。

真っ白な雲。青い空。

タロウは、雲の上で手をふっている、ママに向かって、さけんだ。

「ママ〜！」

大きな雲が、ふたりのほうに、近づいてきた。

モモが、雲の上に、タロウをおろすと、タロウは、ママのところに、走って行こうとした。

けれど、走れない。

「えいっ！」

タロウは、雲の上に寝そべると、泳ぎ始めた。

まるで、水の中にいるように、手足を動かして、泳いだ。

ママは、手をたたいて、よろこんでいる。

いっしょうけんめい泳いで・・・

タロウは、ママにしっかりだきしめられた。

「ママ、どうして、ここにいるの？」

「タロウに、会いに来たのよ」

「会いに来たって・・・ママは、死んじゃったんでしょう」

「そうよ。ママは、光になって、光の世界に行ったの。

でも、10000 メートルまでは、おりて来ることができるの。
タロウの乗った飛行機が、10000 メートルのところを
飛ぶってわかったから、会いに来たの」

「うれしい！　ママ。もう会えないと思っていた」

「ねえ、ママ。いつもの言葉、言ってみて」

「いつもの言葉って？」

「夕方の言葉だよ」

「あ〜、あれね」

　ママは、タロウをぎゅっとだきしめて、言った。

「タロウ、今日は、何を食べたい？」

「う〜ん。今日は、ハンバーグ」

「ふたりで、作ろうか？」

「作るって、こんな空の上で、どうするの？」

「この雲で。雲を取ってまるめると、ほら、ハンバーグの形になるでしょう」

　ママは、雲をちぎってまるめた。

「でも、真っ白だよ」

　それを見ていたモモが、あっと言う間に、白い雲を焼きたてのハンバーグの色に変えた。
　ママがびっくりして、モモを見た。

「あなたは、だあれ？」
「わたしは、魔女」
「ないしょだよ。ママ。
だれにも言っちゃだめだよ。
　モモって言うの。
　ぼくとモモで、モモタロウ。
　モモは、魔女だから、
なんでもできるんだよ」
「モモ、ありがとう。
　タロウを連れて来てくれて」

それからしばらくの間、タロウとママは、いろんなことをして、遊んだ。

ママの背中を飛びこえたり、ママとおすもうをとったり、ドッジボールをしたり。

楽しい時間は、あっと言う間。

モモは、気になってきた。そろそろ飛行機は、降下を始めるころかも。モモはタロウに声をかけた。

「もう、飛行機に、もどらなくっちゃ～」

「いやだ！　いやだ！　ママ！
ぼくも、ママのいるところに、連れて行って」

「それはできないわ」

ママは、悲しそうに言った。

「10000メートルでは、ママのすがたは見えるけど、これ以上高いところに行くと、ママのすがたは、光になるの。光の世界なのよ」

「じゃあ、ぼくも光になって、ママといっしょに行く」

「だめよタロウ。人は死なないと、光にはなれないの。タロウはまだ、死んじゃだめ」

そう言って、ママはタロウをぎゅっとだきしめた。

「生きて、いろいろな人、いろいろなことに出会って、たくさんけい験してから、光になるの。

たくさんの人を笑顔にしてから、ママのところにいらっしゃい。

そうすれば、またいっしょに楽しく過ごすことができるの」

「どうして、今じゃいけないの？」

「それはね・・・、タロウは、まだたくさんの人を笑顔にしていないでしょう」

ママは、ゆっくりと、タロウがわかるように説明した。

「光の世界は、みっつあるのね。
　明るい光の世界。美しい光の世界。くら～い光の世界。
タロウなら、どこに行きたい？」

「ママがいるのは、美しい光の世界？」

「そうよ」

「ぼくは、そこに行きたい」

「そうね。だったら、ママの言うことをちゃんと聞いてね」

　ママはタロウの目をまっすぐ見つめて言った。

「ママの言うことを守ったら、きっと、同じ光の世界で
会えるのよ」

「どうすればいいの？」

「手を出して！」

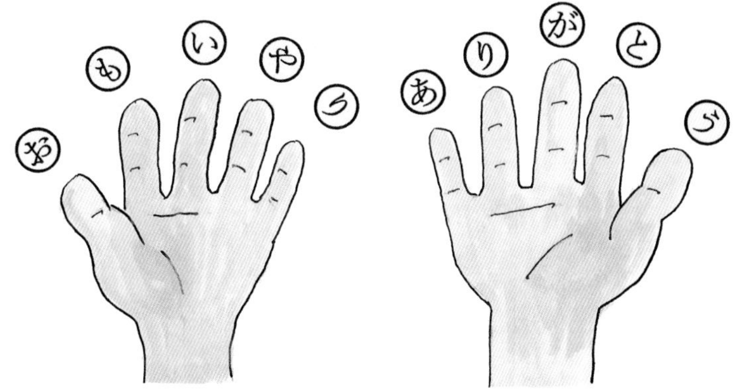

　タロウが、両手を広げると、ママは、その指をひとつずつさしながら、

「まねして、言ってみてね」

と、ゆっくりと言った。

「お」

　タロウは、ママのまねをして、「お」って、言った。

「も」「も」。「い」「い」。「や」「や」。「り」「り」。

　そうして、タロウのもうひとつの手を指さして、

「あ」「あ」。「り」「り」。「が」「が」。「と」「と」。「う」「う」。

「このふたつだけ。ひとつは、だれにでも笑顔でやさしくしてあげること。ふたつめは、感しゃをすること。ありがとうって言うの」

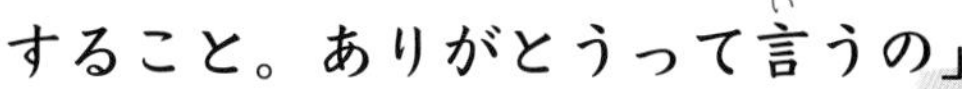

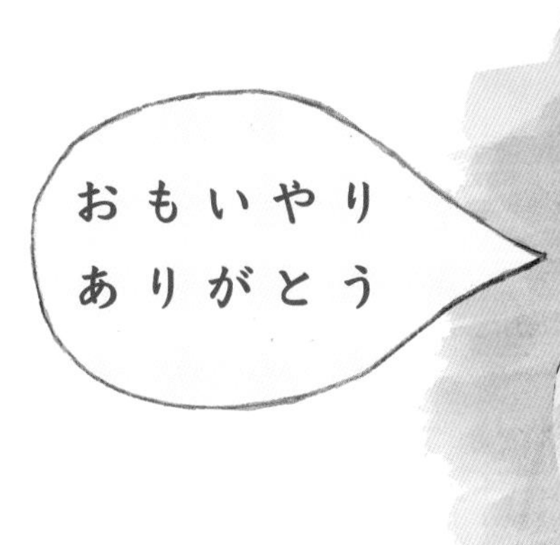

「ぼくがんばる。ママ、見ていてくれる？」

「もちろんよ。10000メートルよりもっと上の、光の世界から、いつも見ているから、さびしがらないでね」

「あっ、たいへん！　飛行機の音が、変わった」

モモが、大声を出した。飛行機が着陸のじゅんびを始めて、エンジンの音が、変わっていた。

「すぐ、飛行機にもどらなくちゃ」

モモは、タロウをほうきに乗せると、

「しっかりつかまって！　モモタロウ、出発！」

「ママ〜！　ママ〜！」

タロウのさけび声を残して、モモタロウは、あっと言う間に、ジェット機のタイヤがしまってあるところに、もどってきた。

「あ〜、よかった！　間に合ったね」

　ふたりは、貨物室をぬけて、
ファーストクラスのざ席を通り過ぎ、
客室に、たどり着いた。
「すわって！」
　モモの声に、タロウがすわった。
　ちょうどそのとき、ベルト着用の
サインが、ついた。
　パパの声が、聞こえてきた。
「みな様、ただ今より、着陸たいせいに
入ります。シートベルトを着用の上、
おざ席をはなれないように、お願いします」
　タロウは、じっと外を見ている。

白い雲が、真っ青な空に、ポカリ、ポカリとうかんでいる。

そしてタロウは、見た。

雲の上で、手をふるママ。

そのママが、一しゅんで光になって、10000メートルよりも、もっと高い空に、消えて行くのを。

「ママ・・・」

タロウは、小さくつぶやいた。

でも、その目に、なみだはなかった。

モモは、とってもうれしかった。

モモの顔を見たタロウは、笑顔だったから。

モモは、だれかの役に立てることが、こんなにうれしいことだと、初めて知った。

「よかったね。これからは、いつもママといっしょだよ」

「うん。ありがとう！　あっ、初めての『ありがとう』だ。きっと、ママもよろこんでいるね。

モモ、お・も・い・や・り、あ・り・が・と・う」

魔女のCA と 宇宙人

作・絵　大空メイ

モモは、５さい。４さいのとき、物置にあった、古いほうきにまたがったら、あっと言う間に、家の前の大きなくすのきのてっぺんまで、飛び上がって、びっくり。
「モモのおばあちゃんのそのまた上のおばあちゃんが、魔女だったからよ」って、ママが教えてくれたの。
見つけた『魔女になるための本』を、ママに読んでもらっているけど、できるようになったのは、まだ、ふたつだけ。
ひとつは、飛ぶこと。もうひとつは、ないしょ。

　ある日、モモが、ご飯を食べていると、

「モモ、明日からお仕事だよ」

と、パパが、ニコニコしながら言った。

「今度は、どこへ行くの？

パパ？」

「少し遠くに行くよ。

しばらく、ママに会えないけど、

だいじょうぶかなあ」

「遠くって、どこ？」

「アラスカだよ」

「アラスカ？」

「そう、アラスカはねえ・・・」

　パパは、世界地図を持って来ました。

　北極の近くの赤いところを、指さして言った。

「ここだよ」

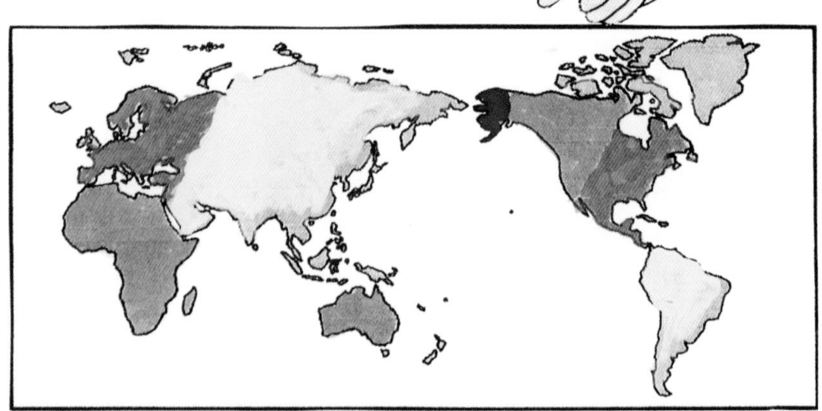

「わあ～、海をこえて行くのね」

「とても寒いところだよ。ときどき、オーロラが、見えるんだ」

「オーロラ？」

「そう。光のカーテン。

　美しい光のカーテンが、空いっぱいに広がって、おりて来るんだ。すごくすてきだよ。

　見えると、いいんだけど」

「わあ～、見たい！　見たい！」

　モモは、なんだかわくわくしてきた。

「光のカーテンだって。どうやって、空からおりて来るんだろう」

　パパは、オーロラの本を持ってきて、モモに見せた。

「これが、オーロラだよ」

「わあ～、すごい！」

つぎの日、モモはパパといっしょに、空港へ行った。世界中から来た飛行機が、いっぱい。見たこともない飛行機もある。モモは、空港が大好き。

いつものように、CAたちが集まって、ブリーフィング（お話し合い）を始めた。そこで、キャプテンが、言った。キャプテンは、モモのパパ。

「今日は、特別なお客様がいます。

車イスに乗った、6さいの男の子。付きそいは、ふたり。おかあさんと、お医者さんです」

モモは、思った。

「お医者さんがいっしょだなんて、きっと、とても重い病気なんだ」

パパは、お話しを続けた。

「今日の飛行機は、空飛ぶ病院。かん単な手じゅつならできるそう置があります。かんごしもいます」

そう言えば、モモは思い出した。いつか、パパが、

「世界には、いろいろな飛行機があるんだよ。飛行機の中で、手じゅつができる飛行機もあるよ」

って、言っていたのを。

　CAたちが、クルーバッグをガラガラひっぱって、飛行機に、乗りこんだ。

　お客様が来るまでに、することは、山ほどある。

　機内の点けん、「食事は、ちゃんとそろっているかな？」、「飲み物は？」、「たなの上に、毛布はあるかな？」と。

　でも、モモは小さいから、下のほうだけのたん当。

　しばらくすると、お客様が、飛行機に乗りこんで来た。最初は、お年より。次に赤ちゃんを連れたおかあさん。

　そして、ママに付きそわれた車イスに乗った男の子。

「パパが言っていた男の子だ」

　モモは、笑顔で手をふった。

「いらっしゃいませ」

　ニコニコしながら、モモが言うと、男の子はびっくりした顔で、モモを見た。でも、男の子は何も言わなかった。

　機内のいちばん前のざ席は、少し広くなっている。そこが、男の子のざ席。

　男の子は、車イスからまど側の席に移された。

　しばらくすると、飛行機のドアが、外からしめられた。

　いよいよ出発だ。飛行機が、ゆっくりと動き出した。

モモはあわてて、いつもはたたまれているジャンプシートに、すわった。ちょうど、男の子のまん前。

「何か、言わなくっちゃ〜」

モモは、声をかけた。

「わたしは、モモ。あなたのお名前、聞いてもいい？」

「・・・」

男の子は、何も言わない。男の子のママが、かわりに返事をした。

「ショウって言うの。よろしくね」

「ショウくん」

モモは、右手を差し出した。でも、男の子はじーっとモモの手を見ているだけ。ママが、笑いながら、男の子の手をにぎると、モモの手の上に、重ね合わせた。

ガタガタと動いていた飛行機が、止まった。

これから、いよいより陸するための全力しっ走が始まる。

ヨーイドンで、飛び出すかけっこみたいに、大きくて重い機体が、走り出した。モモは、思わずショウくんの手をにぎりしめて、声を出した。

モモの大好きな時間だ。

「がんばれ〜！　がんばれ〜！」

ショウくんが、びっくりしてモモを見た。

モモは、言った。

「この飛行機は、400 トンもあるの。象さんだと、60 頭ぶんくらい。それが飛び上がるときに、力をふりしぼっていっしょうけんめい、走っているの。すごいね。

新かん線と同じ250キロのスピードになると、うき上がるよ」

ショウくんは、びっくりしたように、口を開いた。

「へえ〜、でも、新かん線はうき上がらないよ」

「そう。それはね、新かん線にはつばさがないからよ。飛行機には、つばさがあるからとべるのよ」

モモは、続けた。

「飛行機のつばさって、すごいんだよ。パパに教えてもらったんだけどね。パパは、この飛行機のキャプテンね。つばさに空気がぶつかると、飛行機は持ち上がるの。そのとき、つばさは重いほうがいいんだって。だからねん料は、つばさにも入っているんだって。知ってた？」

ショウくんは、首を横にふった。

「知らない。

ぼく、飛行機のことを、もっと知りたくなっちゃった」

「すごい！　しょう来は、パイロットだね」

モモが言うと、ショウくんは、

「無理だよ」

と、悲しそうに首を横にふった。

「今から無理だと決めちゃダメ。

なんでもやってみなくっちゃ〜」

モモが、いつもパパから言われている言葉を言うと、ショウくんのママが、悲しそうにモモに言った。

「ほんとうに無理なんです」

「そうなの？　なんで？」

モモは、そう心の中で言った。

　あっと言う間に、飛行機は、高度 10000 メートルに達した。シートベルト着用のサインが消えて、パパのアナウンスが流れた。

「みな様、当機はただ今、水平飛行に入りました。

　どうぞごゆっくりと、おくつろぎください」

　そのとき、ショウくんは、とてもつらそうに見えた。

　10000 メートルって、富士山の約 3 倍の高さ。高くなると、空気も薄くなり、気あつが下がる。飛行機の中も同じ。

「ねえ、横になる？　アームレスト（ひじかけ）をとると、ベッドになるよ」

　モモは、ショウくんとママに言った。

　ショウくんは、すぐにママのひざの上に頭を乗せて、横になった。

「今日、アラスカに行くのは、オーロラを見に行くためなの」

　ショウくんのママが、話し始めた。

「えっ、オーロラ？」

と、モモ。

「この子の最後の願いなの」

　ママが、言った。

「最後？」

「この子はね、ガンなの」

「ガンって、病気の？」

　モモが聞くと、

「ぼく、もうすぐ死ぬんだよ」

と、ショウくん。

「えっ」

　モモは、すぐには理かいできなかった。

「もうすぐ死ぬって、そんなにかんたんに言えることなの？」

と、心の中で思った。

「できることは、全部ためしてみたのだけど・・・」

「ぼく、もう、こんなにつらい治りょうはしたくないって言ったの」

と、ショウくん。

「つらかったの？」

「うん、治りょうをやめて、ポスピスっていうところに行ったら、楽になったの。

それに、お友だちがいっぱいできたんだよ」

「そうなんだ。治すことはあきらめたのね」

モモは、むねがいっぱいになった。

「ホスピスってね、楽しいんだよ。どんなスポーツだって、できちゃう。ほんもののスポーツじゃないよ。だって、みんなぼくと同じ病気だもの」

ショウくんは、楽しそうに話し続けた。

「まねをするんだ。投げるまね。泳ぐまね。走るまね。みんなすっごく上手だよ」

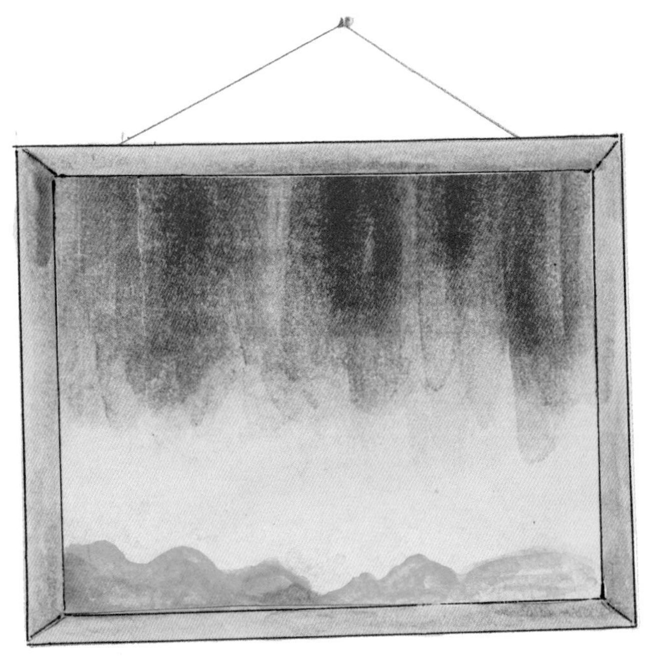

「でもね」

と、ママ。

「体が少しずつ弱ってきて、それもできなくなってきたの」

「うん。それで、ぼくはママにお願いしたの」

「そう。この子がね、死ぬ前にオーロラを見たいって」

　ママが、言った。

「それで、アラスカに？」

　モモは、聞いた。

「ぼくの体の中のガンが、オーロラを見て、びっくりして飛び出すといいなあって、思っているんだよ」

　ショウくんはそう言って、まどの外を見たとたん、

「きゃー！」

　悲鳴を上げた。

目をまんまるにして、外を指さしている。

「あっ、あっ、あっ！　あれを見て！」

モモが、ショウくんの指さすほうを見ると、ピカピカと、光るものが、見えた。

見たこともない円ばんみたいなものが、光ったり、消えたりしている。

びっくりしたモモは、あわてて立ち上がると、コックピット（そうじゅう席）に、飛びこんだ。

「パパ！　あっ、キャプテン！　UFO！　宇宙船だよ！」

　パパは、あわてません。飛行機の近くを、光信号を出しながら飛ぶ宇宙船を見ている。

「モールス信号だ」

　パパは、言った。

「なんて言っているの？」

「助けてくれって」

「助けるって、何を？」

　モモは、聞いた。パパは、信号を送った。

「何を助けるのですか？」

　宇宙船から返事が来た。

「こどもを助けてくれ」

「こどもが、どうかしたのですか？」

と、パパ。

今度は、少し長い返事が来た。

「こどもが病気。地球の医学はすごい。ぜひ、治してほしい」

パパは、聞いた。

「どこが、悪いのですか？」

「足がこわれた。歩けない」

「わかりました。日本に連れて来てください」

と、パパが、伝えた。すると、

「それはできない。宇宙船は、地球に行くことはできない。
その飛行機の中で、治してほしい」
と、返事があった。

パパは、思った。

「この飛行機は、空飛ぶ病院。お医者さんもかんごしもいる。
治せないことはない。でも、どうやって宇宙人のこどもを
この飛行機に連れて来ることが、できるだろう？」

そのとき、
「パパ」
と、モモが手をあげた。
「わたしが、連れて来る」
「モモが？　できるのか？」
「できるよ。この前の
フライトで、やったから」
「そうか。じゃあモモに
やってもらおう」
と、パパ。すぐに宇宙船に信号を送った。
「今から、わたしのむすめが、お子さんをむかえに行く」
返事がきた。

「どうやって、連れて
行くのか？」
「むすめは、魔女です。
まかせなさい」

モモは、すぐにコートルームに行って、ほうきを取り出した。客室からその下の病院を通りぬけて、特別な階だんから、貨物室に。タイヤをしまっている場所にたどりつくと、

「よーし、出発！」

モモは、ほうきにまたがると、タイヤのすき間から外に、飛び出した。

真っ青な空。飛行機のつばさに、おひさまがあたって、キラキラしている。

宇宙船が、モモのほうに、近づいてきた。

宇宙船のまどが開いて、小さな宇宙人が顔を出した。

「入れっ」と、手まねきした。

　モモが宇宙船に乗りこむと、宇宙人が、かたことの日本語で話しかけてきた。

「ア リ ガ ト ウ ご ざ い ま す」

「わたしはモモです。病人はどこですか？」

　宇宙人が指さした先を見ると、小さなベッドに、小さな宇宙人のこどもが、ねていた。

「こんにちは」

　モモが声をかけると、男の子か女の子かわからない宇宙人のこどもが、大きな目でモモを見た。ほんとうに大きくて、青くすんだ目をしている。

モモは、日本語を話す宇宙人に、声をかけた。

「足の病気は、ガンですか？」

「ガン？」

宇宙人は、へんな顔をした。

「ガンは、治すのがむずしい病気だって、パパが言っていました」

と、モモ。

「ガンが、むずしい病気？」

「今、パパの飛行機の中にもひとりいるの。ガンにかかったこどもが。治らないの」

「地球には、ないのかなあ」

　宇宙人は、首をかしげた。

「われわれの星には、食べると、ガンがなくなる植物があります」

「ほんとう？」

　モモは、思わず声を出した。

「だから、だれもガンでは、死にません」

「わたし、この子をパパの飛行機に連れて行って、かならず治してもらいます。だから、ガンがなくなる植物をください」

　モモは、ショウくんに、どうしても治ってもらいたかった。

　ガンがなくなったら、ショウくんにも、もう一度、夢を持てる日が来る。そうなってほしいと、心から願った。

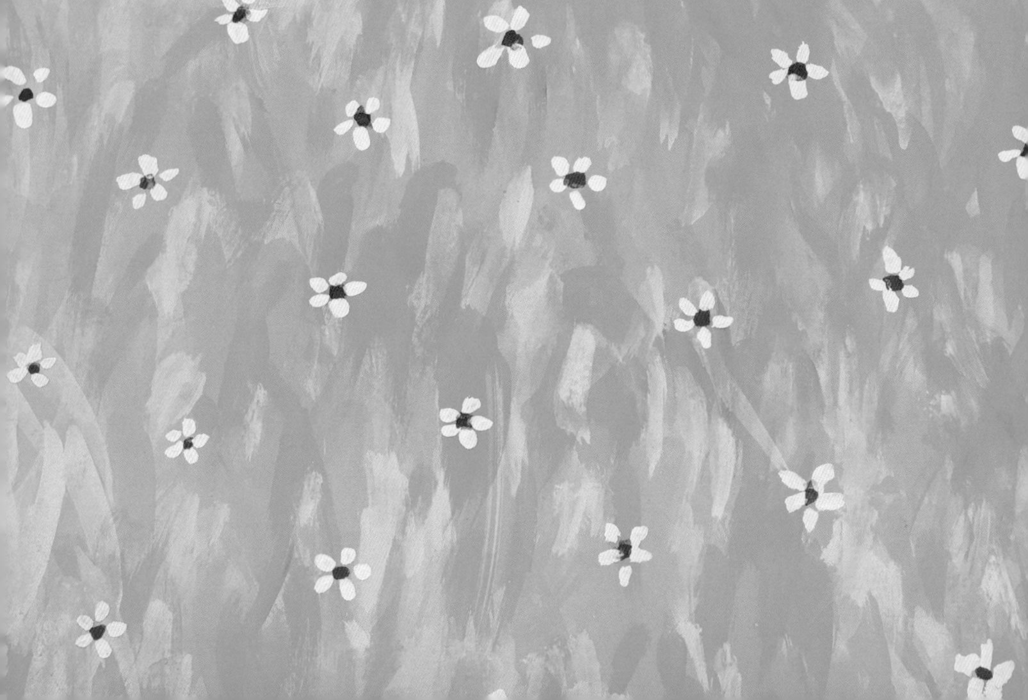

「わかりました」

宇宙人は、言った。

「手じゅつが終わって、ここにもどって来たときに、あげます」

「約束だよ！」

モモは、小指をつき出した。

宇宙人もモモのまねをして、小指を出した。

モモは、ほうきに乗るとき、こどもを片手でだきかかえて飛んで行くつもりだった。

「でも、ぐったりしている小さな宇宙人のこどもをかかえながら、ほうきに乗るのは、ちょっと無理かな・・・そうだ！」

モモは、おんぶすることを思いついた。

「何かひもは、ありますか？」

「ひもをどうするのか？」

宇宙人は、聞いた。

「背中にしばるの」

モモは、こたえた。

宇宙人は、
「よい考えだ」
と、言いながら、モモの背中に、こどもを大事そうにくくりつけてくれた。宇宙人のこどもは、まるでお人形みたいに小さくて軽い。
モモが、宇宙船を出ようとしたとき、宇宙人は言った。
「このことは、誰にも言わないように。地球人との交流は、きん止されている」
「わかりました」
モモは、きっぱりとこたえた。
モモと宇宙人のこどもは、青い空に飛び出した。
心配そうに、宇宙人のパパが、手をふっている。

　飛行機のタイヤがしまってあるすき間から、飛行機に乗りこむと、モモは、貨物室を通りぬけて、階だんをあがった。
　2階の病院のとびらを開けると、パパが待っていた。
　ホットしたようにモモの手をにぎって、
「よくやったね！」
と、ほめてくれた。
「すぐに、けんさしよう」
　そう言ったお医者さんは、ショウくんといっしょに乗って来たお医者さん。それとかんごしのおねえさん。
　みんな小さな宇宙人のこどもを見て、びっくりしている。
「この子のパパは、モモくらい。おとなも小さかったよ」
と、モモ。
「きっと、小さな星なんだね」
と、パパ。

「さあ、始めようか」

と、お医者さんが、ベッドにねかせた宇宙人のこどもの足を持ち上げたとたん、「ギャー！」と、へんな声をあげた。

「ごめん、ごめん。いたかったんだね」

お医者さんは、やさしく宇宙人のこどもに、声をかけた。

「ほねが折れているようだ。だいじょうぶだよ。すぐに治してあげるからね」

モモも、そばに行って、やさしく手をにぎった。

「いたいの、いたいの、飛んでいけ〜！」

モモの歌が、おもしろかったのか、宇宙人のこどもは、少し笑った。

お医者さんは、くわしいけんさ結果をパパに、伝えた。

「これは、ほねがどんどんこわれていく病気です。でも、だいじょうぶ。治せます。どうやら、この病気に関しては、地球のほうが、進んでいるようですね」

「今すぐ、やってください」

パパは、そう言って、こまかくメモすると、いそいでコックピットにもどって、宇宙船に信号を送った。

「これから、手じゅつをします」

「治るのか？」

宇宙人から返事が来た。

「治ります。手じゅつが終わったら連らくします。それまで、この飛行機に、ついてきてください」

パパが、伝えた。

東京からアラスカまでの飛行時間は、約６時間40分。

着陸たいせいに入る前に、手じゅつは無事に終わった。

足を包帯でぐるぐる巻きにされた宇宙人のこどもを、背中にまきつけて、モモは大空に飛び出した。

モモが飛び出すと、すぐに宇宙船が、近づいて来た。

まどが開いて、宇宙人のパパが、手まねきをしている。

モモは、宇宙船に乗りこんだ。

宇宙人のこどもはすぐにおろされて、小さなベッドに、ねかされた。

「よかったね」

モモは、宇宙人のこどもの手をにぎった。

大きな目が、笑っている。そして、何かを言っている。

「『おともだち、ありがとう』と、言っているよ」

　宇宙人のパパが、やくしてくれた。

「あっ、そうだ」

　モモは、思い出した。

「ガンがなくなる植物をください。飛行機に乗っている男の子にあげたいんです」

　宇宙人のパパは、用意してあった箱を、モモにわたした。

「かんそうしてこまかくしてあります。水といっしょに飲ませてください」

と、説明してくれた。

「今度、またほしくなったときに、会えるといいんだけど」

と、モモが言うと、

「それは無理です」

　宇宙人のパパは、きっぱりと言った。

「われわれが、地球人に会いに来ることは、2度とないでしょう。

　この植物のことも、ほかの人には、ぜったいに言わないでください」

モモは、飛行機にもどった。

2階の病院には、もう誰もいません。

モモは、いそいで、ショウくんのいる客室にもどった。

お医者さんが、

「ご苦労様」

と、モモの手をにぎって、やさしく言った。

モモも言った。

「宇宙人のこどもを治してくれて、ありがとう。

あの〜」

モモは、宇宙人からもらった箱を取り出した。

「これ、もらったの」

「宇宙人から？」

と、お医者さん。

「そう」

「なあに？」

と、今度は、ショウくんの

ママが、聞いた。

「すごいんだよ」

と、モモ。

「びっくりしないでね。

すごいものをもらっちゃった」

「すごいものって？」

と、今度は、お医者さんと

ショウくんのママが、いっしょに言った。

「ガンが、消えるおくすり。植物をこなにしたもの」

「えっ？」

「宇宙人の星には、ガンのかん者が、いないんだって」

お医者さんが、箱を開けて、じぃーっと見つめて、

においをかいだ。

「これが、宇宙人の星にある植物とはねえ～」

「すぐに、ショウくんに飲んでもらいましょうよ。

わたし、お水を持って来るね」

飛行機がアラスカのアンカレッジ空港にとう着した。

その夜、モモは、ショウくんといっしょに、オーロラを見に行った。

空港から、少し離れたところまで車で行くと、とつ然、空から美しいカーテンがおりてきた。

ショウくんは、まだ車イスをおりることは、できないけれど、両手をあげて、叫んだ。

「オーロラが、ぼくのガンを飲みこんだ～！

モモ、ありがとう！

ぼくも、モモのように、人を助ける人に、きっとなる！」

モモと、ショウくんは、いつまでもいつまでも、オーロラを見上げていた。

『魔女のCA』出版にあたって

はじめて飛行機に乗った時、窓の外に広がる白い雲海に感動。

綿のような雲のかたまりが、一面に広がっていて、まるでおとぎ話の繪のよう。

魔女だったら、外に飛び出して白い綿のような雲に包まれて、雲をちぎって投げたり、泳いだり。

まるで、おとぎ話の主人公になって、いろいろな経験をしているような、楽しいひと時でした。

空港に着陸する時は、その雲の中に突入。今まで雲の上にいて、何も見えなかった町が突然現れて、とても不思議な気持ちになったものです。

そんな思い出をなつかしく思い出しながら、魔女の話を作ってみました。

大空メイ

おおぞら・めい

大空メイ プロフィール

日本航空株式会社に勤務。

CAとして世界中の空を飛びまわる。

退社後、日米子供会を15年間主催。日米の小学生とその保護者、約100人が参加する2泊3日のサマーキャンプを企画し、外国人と直接触れ合う場を提供してきた。

その後、日本ホテルスクール、トラベルジャーナル旅行専門学校（現・エアライン・鉄道・ホテル・テーマパーク専門学校）で、英会話を指導。

独学で学んだ落語を英訳し、自らの絵で構成した「パネルシアター英語落語」を国内外のアメリカンスクールで上演する活動も行っている。

また、通じる英会話を日本人の子供たちに教える活動にも力を入れ、新潟県、福島県の小学校を中心に発音指導を行っている。カタカナと発音記号を織り交ぜた独自の指導方法で、わかりやすいと好評を得ている。『ひとりでできる！　はじめての英語』（明日香出版社）としても、出版されている。

魔女のCA

作・絵　大空メイ

2024年7月1日　初版発行

発行者　山田晋也
あるまじろ書房株式会社
〒942-1354　新潟県十日町市福島1560
電話　025-594-7210
FAX　025-333-0662
ホームページ：https://www.arumajiro.co

ISBN 978-4-904387-50-4

印刷製本　中央精版印刷株式会社